爸爸　　妈妈

马克　　丫丫　　娜娜　　马

波力　　　　奇奇　　　　埃迪

图书在版编目(CIP)数据

波力生病了／〔奥〕威宁格编文；〔法〕塔勒绘；李颖妮译.
－海口：南海出版公司，2008.2
（小兔波力品格养成系列）
ISBN 978-7-5442-3991-2

Ⅰ.波…　Ⅱ.①威…②塔…③李…　Ⅲ.图画故事－奥地利－现代
Ⅳ.I516.85

中国版本图书馆 CIP 数据核字（2007）第 204679 号

著作权合同登记号　　图字：30-2006-054

Gute Besserung, PAULI
by Weninger Brigitte, illustrated by Tharlet Eve
© 2005 NordSüd Verlag AG Gossau Zurich / Switzerland
Published by arrangement with NordSüd Verlag AG
through Beijing Star Media Co., Ltd.
ALL RIGHTS RESERVED

BOLI SHENGBING LE
波力生病了

作　者	〔奥〕布丽吉特·威宁格	绘　图	〔法〕伊芙·塔勒	
译　者	李颖妮	责任编辑	任在齐　邢培健	
特邀编辑	印姗姗	内文制作	杨兴艳	
丛书策划	新经典文化（www.readinglife.com）			
出版发行	南海出版公司（570206 海南省海口市海秀中路 51 号星华大厦五楼）　　电话　（0898）66568511			
经　销	新华书店	印　刷	北京国彩印刷有限公司	
开　本	889 毫米 × 1194 毫米 1/16	印　张	2	
字　数	5 千	书　号	ISBN 978-7-5442-3991-2	
版　次	2008 年 2 月第 1 版　2008 年 2 月第 1 次印刷	定　价	12.00 元	

小兔波力品格养成系列

波力生病了

学会乐观

〔奥〕布丽吉特·威宁格 文

〔法〕伊芙·塔勒 图　　李颖妮 译

南海出版公司

2008·海口

这是阳光明媚的一天。

波力蹭到妈妈跟前，哼哼着说：

"我觉得很不舒服！"

"天哪，宝贝，"妈妈担心地问，

"你是不是吃坏肚子了？"

波力想了想，没这回事！

他只是在灌木丛中发现了一些蓝莓，

并抢在别人发现之前吃光了它们。

他确定那些蓝莓一点儿都没坏，虽然有些还没熟。

妈妈把波力抱上床，给他盖好被子，还在被窝里塞了个热水瓶。

"嗯，估计我们今天不能去奶奶家了。"爸爸说，

"真遗憾啊，奶奶还做了她最拿手的蓝莓派呢。"

"不！"马尼大叫，"我最喜欢奶奶做的蓝莓派了！"

波力听见"蓝莓"两个字，差点儿吐出来，他赶紧用手捂住嘴。

"嘘！你没看见波力病得很厉害吗？"大哥马克说。

这时，波力的朋友埃迪来了。

"嗨！波力，我表妹奇奇来了，出来跟我们一起玩吧！"

"波力今天不能出门，他病了。"娜娜说。

"所以我们去不了奶奶家，也吃不着蓝莓派了。"马尼不高兴地说。

丫丫尖声说："可怜的波力，可怜的丫丫！"

"我和埃迪可以在这儿照顾波力，"奇奇说，
"如果有什么事，埃迪会跑去喊他妈妈的。"
波力的兄弟姐妹高兴地欢呼："耶！好主意！"
爸爸也同意了："奇奇的建议听起来不错。"
"好吧，"妈妈说，"但是波力，你必须一直待在床上，还得把药全喝了，
你能保证吗？"
波力使劲点头："我保证，我发誓！"
"快点儿好起来啊，波力！"大家喊，"我们晚上就回来！"
他们高高兴兴地出门了。

"波力，我们玩会儿，你就不会觉得那么难受了！"
埃迪说，"让玩具兔滑滑梯吧。"
可是刚滑一下，尼克就"啪"的一声掉进药碗里了！
"哦，天哪！可怜的尼克！"波力大叫。
"没事！"奇奇说，"药是温的，不会烫着它。
我们带它去外边晒晒。"
"可是我答应妈妈要一直待在床上。"波力犹豫着。
"是啊。"埃迪叹了口气，
"只能待在床上，哪儿也不能去。"
可是波力忽然坐了起来，兴奋地大叫：
"哦，我想到了！"

"妈妈可没说床不能搬到外面！"波力说。

于是，奇奇和埃迪马上把波力的床拖到了外面。

"放在那儿，树底下，"波力说，"我们可以搭个印第安帐篷！"

波力把尼克放在太阳下晒干。

埃迪拿来了印第安饼干，奇奇端来了新倒好的药。

"我觉得好多了，"波力喝完药说，

"玩一玩，呼吸一下新鲜空气，真的会好得快点儿。

可惜我们今天不能去小溪玩了……"

"当然能，我们把你抬过去。"奇奇说。

"太远了吧！"埃迪抱怨。

"没事！"奇奇说，"只要波力憋住气，就没那么重了。"

接着，两个小伙伴就把波力的床抬往小溪边。

当他们终于到了小溪边时，

埃迪大口地喘着气说："哎呀！可真累啊！"

他筋疲力尽地往床尾一靠，就在这时——哗啦一声！

床滑进了小溪里！

"哦！"波力开心地大叫，

"现在我们有一条真正的船啦！海盗们——上船！"

"太棒了！"埃迪惊喜地说，"我正想这么玩呢！"

奇奇和埃迪捡了几根树枝，

爬上海盗船。

整个下午，海盗们都在海上航行。

夕阳西下时，波力突然惊慌地跳了起来：

"哦，太阳要落山了！我们得赶紧回家，妈妈他们要回来了！"

奇奇和埃迪赶紧把海盗船划到小溪边，拖上岸。

波力的床渗进好多水，不知沉了多少倍。

奇奇和埃迪气喘吁吁地拖着床，波力给他们加油："快，快，快点儿！"

他们刚把床拖进卧室，家里人就回来了。

"嗨，我们回来了！还给你们带了美味的蓝莓派！"

波力很高兴："啊，太好了！"

"你看起来好多了。"爸爸笑着说，

"奇奇和埃迪真是好护士，谢谢你们！"

妈妈问波力："你们都干了些什么？你真的一直待在床上吗？"

波力使劲点头："是啊，妈妈，我发誓！不信你问尼克！"

妈妈笑着摸了摸波力的耳朵：

"要是你一直乖乖待在床上，那就太好了。

可你的朋友们看起来脸色不太好，不会是你传染了他们吧？"

奇奇和埃迪赶紧摇头："没有，我们只是有点儿累。明天见，波力！"

"再见！"波力在他们身后喊，"今天太棒了，谢谢你们！还有……

你们也要快点儿好起来啊！"